作者简介

基娅拉·梅扎拉玛（Chiara Mezzalama）

意大利作家、翻译家和心理治疗师。1972 年 9 月 28 日出生于罗马，现居巴黎。作为外交官的女儿，她的大部分童年时光都在国外度过。她常年与《左岸》杂志合作，并为意大利传奇文学学会杂志和 Tempoxme Reading 博客撰稿。2009 年，她出版了自己的第一部小说《我会照顾你》,《花园里外》是她的第二部文学作品。

雷吉·勒容克（Régis Lejonc）

法国儿童文学家、插画家。1967 年 4 月 25 日出生于法国波尔多。曾就读于巴黎政治学院，上世纪 90 年代初期开始为出版社和媒体供稿，并多次举办画展。他先后为十多部儿童读物配图，并独立创作《两个巨人》《我的邻居恋爱了》《奇妙的色彩》等绘本。曾荣获 2002 年法国最佳绘本"猴面包树奖"、2010 年"法国插画大奖"，曾两次获得法国青少年文学最高奖"女巫奖"。

译者简介

余轶

湖南长沙人，国家二级法语翻译。北京大学本科毕业，后赴法国攻读硕士学位。曾供职于法国波尔多市政府、法国驻武汉总领事馆。后专职从事翻译与出版工作十余年，译有《一个中国人的一生》《倒悬的地平线》《摄影师》《小王子》《卡蜜儿》《英雄比约》《大象的主人》《老鼠的饶舌歌》《无字书》等 50 余部作品。

内容简介

40 年前，本书文字作者基娅拉·梅扎拉玛与家人离开意大利前往德黑兰，定居在一个古老的花园宫殿中。花园里是宁静安逸的生活，花园外是炮火连天的战争。故事基于她童年时的亲身经历，讲述了身处花园里外的两个孩子，跨越了种族和语言的围墙，尝试彼此信任、理解，用勇气和爱结下了值得纪念一生的友谊。本书获得 2018 年法国青少年文学最高奖"女巫奖"。

LE JARDIN DU DEDANS-DEHORS

花园里外

[意] 基娅拉·梅扎拉玛 文
[法] 雷吉·勒容克 图　余轶 译

后浪出版公司　四川美术出版社

图书在版编目（CIP）数据

花园里外 /（意）基娅拉·梅扎拉玛文；（法）雷吉·勒容克图；余轶译．-- 成都：四川美术出版社，2020.9（2022.5 重印）

ISBN 978-7-5410-9358-6

Ⅰ．①花… Ⅱ．①基… ②雷… ③余… Ⅲ．①儿童故事—图画故事—意大利—现代 Ⅳ．① I546.85

中国版本图书馆 CIP 数据核字 (2020) 第 118214 号

著作权合同登记号　图进字 21-2020-119

花园里外

HUAYUAN LI WAI

[意]基娅拉·梅扎拉玛　文　[法]雷吉·勒容克　图　余　轶　译

选题策划	后浪出版公司	出版统筹	吴兴元
编辑统筹	郝明慧	责任编辑	陈　玲
特约编辑	刘叶茹	责任校对	田倩宇　汤来先
责任印制	黎　伟	营销推广	ONEBOOK
装帧制造	墨白空间·张静涵		
出版发行	四川美术出版社 （成都市锦江区金石路 239 号 邮编：610023）		
开　　本	889mm × 700mm	1/8	
印　　张	4	插页 4	
字　　数	30 千字		
图　　幅	48 幅		
印　　刷	天津图文方嘉印刷有限公司		
版　　次	2020 年 9 月第 1 版		
印　　次	2022 年 5 月第 2 次印刷		
书　　号	978-7-5410-9358-6		
定　　价	58.00 元		

读者服务：reader@hinabook.com 188-1142-1266
投稿服务：onebook@hinabook.com 133-6631-2326
直销服务：buy@hinabook.com 133-6657-3072
网上订购：https://hinabook.tmall.com/（天猫官方直营店）

出 发

有一天，父亲对我说，我们要去一个遥远的国家。在夏日的某个夜晚，我和弟弟一起整理行李箱，把玩具、卡片和图书都装进箱子。我们要去的地方，不一定有这些东西。

听说，我们要去的地方，有“里”“外”之分。

花园里

那儿有一座大花园，大到仿佛没有尽头。在这座保留自然本色的花园里，曾经生活过一些王子和公主。他们是真正的王子和公主，而不是童话故事里的那些。

花园里还封存着过往的记忆，比如与天空同色的喷泉，婀娜多姿的石榴树……野花点缀着疯长的草丛，草丛里藏着各种各样的昆虫。花园里还有一个池塘，住着一条百岁鲤鱼。

高大的悬铃木伸出的宽阔叶片，就像巨人的手掌，护着那些穿越云层而来的鸟儿。鸟儿们栖息在枝头，像是在开大会。花园里到处都散布着神秘的气息。

花园外

在我们到来之前，这座秘密花园大门紧闭，已经很久没有人住了。那些王子和公主被逐出家门，就连花园所在的城市，也在战火中失去了光华与活力。人们再也听不到鸟儿的纵情歌唱，听不到喷泉的叮咚鸣奏，听不到风儿吹过绿叶的沙沙作响……所有这些声音，都被战火中的枪声、爆炸声与呼叫声所掩盖。

整座城市陷入黑暗，城市里的居民难逃厄运。他们排起长队，只为领到一点点食物。到处都有穿长筒靴、留络腮胡的士兵，挎着枪走来走去。这座怪兽般的城市让我们感到恐惧。

花园里

但是，在花园里，我们却过着平静的生活。花园的围墙把我们与怪兽城市隔离开来。我和弟弟穿着套靴，手持木棍，去远离家门的花园深处探险。那是一个只属于我们的世界。在那里，我们可以追蝴蝶，抓壁虎，把捡来的树叶当成礼物送给妈妈。

因为没有其他玩伴，父母便送给我们一只小狗。那是一只黄色的小狗，总是快乐地在我们身边围绕。现在，我和弟弟多了一个玩伴，真好！

夜晚，茉莉花的清香充盈着整座花园。我们点燃蜡烛，在花园里进餐，倾听喷泉的流水声和夏夜的蝉鸣。

花园外

有时，花园外会传来急促的防空警报。炮弹在怪兽城市里爆炸，枪声把我们从睡梦中惊醒。妈妈紧紧地搂住我们，安抚我们。

“为什么人们要打仗呢?”我问妈妈。

“因为人有时会变得疯狂。是愤怒和仇恨让他们忘记了语言，拿起了武器……其实，我也不知道该怎么回答你的问题。”妈妈说。

她变得很忧郁。于是，她开始生那些乌鸦的气。因为它们会偷吃花园里的花朵，还到处留下紫红色的鸟粪。妈妈冲乌鸦大声击掌，但是乌鸦根本不怕。它们知道，在我们的花园里，它们安全得很。

花园里

一天，我和弟弟、小狗一起去花园深处探险。我们踏进草丛，又高又枯的野草不停地在我们腿上挠痒痒。

花园深处有一扇小门。从我们到来的那天起，它就一直关闭着。我们弯下腰，从门缝里朝花园的外面张望。我们听到了怪兽城市黑色的呼吸声。

花园外，也有一个孩子，正弯着腰，从门缝里朝我们这边瞧。
然后，他像猫一样迅速爬上墙头，“呼啦”一下，跳进我们的花园里。
他向我们伸出手来。我的弟弟和小狗立刻逃走了，只有我还留在原地。我握住他温暖的手。
虽然我们说不同的语言，但我知道，我们会成为朋友。
他拍拍自己的胸膛，说出他的名字：“巴利安。”
“我是基娅拉。”

花园外 - 花园里

“你是不是疯了！”弟弟对我说，“他爸爸是大坏蛋。如果他能轻而易举地翻墙进来，那别人也一样可以。所以，我们一定要把这件事情告诉妈妈。”

可是，一到夜里，我也开始害怕起来。弟弟说得对，那道保护我们的围墙已经被“侵略”了，花园失去了“里”“外”之分。怪兽城市完全可以伸长它的触须，把我们抓走。

第二天，我又去花园深处找我的那位新朋友。他果然在那里等我。他穿着被撕裂的衣服，鞋子上也有破洞。他的头发乱蓬蓬的，但他的眼睛却如钻石般明亮、深邃。他真帅。

我们一起玩耍，假装骑马奔走在丝绸之路上。他是“里外王国”的波斯王子，有一把利剑和一只会说话的奇鸟。

我是擅长驯狮和舞蛇的公主，“里外王国”的所有珠宝都归我所有。

如果凶残的敌人讨厌音乐，我们就唱歌；如果他们讨厌舞蹈，我们就跳舞；如果他们害怕美丽的东西，我们就摘很多很多的鲜花戴在头上。

我们爬上无花果树，采摘那些甜美的果实。我们从无花果中品尝出了太阳的味道。我们一起奔跑跳跃，一起看空中飘浮的云朵。巴利安可以爬到花园里面来，我却不能离开花园到外面去。

花园里 - 花园外

我想送给他一件礼物，一件漂亮的礼物。因为他是我的好朋友。
我脱下自己的 T 恤。
那是我最喜欢的一件衣服，
上面有各种不同的色彩。
我把衣服递给他。
他看着我，表情很严肃。
他用头部动作表示不接受。
然后，他跑开了。

T恤还留在那里，
留在满是尘土的地上。
你不想要我的礼物吗？
为什么？
我生气了。我先是大喊大叫，然后哭着离开。
花园里、花园外、花园里、花园外……
这些词语充斥着我的头脑。我的头好痛。

后来我渐渐明白，我们不能把“里”与“外”的界限分得太清楚，也不能把两者混为一谈。眼前的这道围墙，对我们而言有好处，也有坏处。可是，我们身处围墙的哪一侧，究竟由谁来决定呢？

我不愿再回到花园深处。我开始成天读书，或者和弟弟、小狗一起玩。

我觉得很悲伤，很孤独。这座花园，变成了一座金色的监狱。

突然有一天，我决定回到花园深处看看。
他就在那里。巴利安穿着我的彩色 T 恤，衣服很合身。
他的手心里，好像藏着一件东西。
那是他送给我的礼物。
一只用木头雕刻的小猫。

我凝视着那只小猫，抚摸它，
然后把它藏进我的口袋里。
我们互相送礼物不是施舍，
而是交换。
这是属于我们的秘密，一个关于花园里外的秘密。
他表示同意，然后冲我笑笑，转身离开。

回 归

后来，我们离开了那个遥远的国度。战争也早已结束。那座花园变得越来越美丽，有鲜花、大树、喷泉，以及各种各样的鸟儿（没错，就连乌鸦都有）。

偶尔，我会想起巴利安。他现在怎么样了？他是否依然记得花园里外的秘密？

每当我感到内心不安，我就会紧握藏在口袋里的那只小猫。我在心里想着巴利安，就能找到翻越围墙的勇气。没错，生活就是这样，到处都有看不见的围墙。

围墙内让人感到安心，围墙外让人感到害怕。可是，除了围墙，生活中还有很多小猫，它们能勇敢地翻墙而过。这份勇气，同样也属于你、我、他。